시
의

미
소

불꽃같은 겔트 제사장

Dylan Thomas

밤의 어둠을 순순히 받아들이지 말라

딜런 토머스

밤의 어둠을 순순히 받아들이지 말라

노년이여 하루가 끝나 감에 대해 저항하고 소리쳐라

빛의 죽음에 대해 분노하고 분노하라

현명한 이들은 결국 어둠이 옳다는 것을 깨닫는다고 하지만

그들의 말은 어떤 빛도 얻지 못했으니

밤의 어둠을 순순히 받아들이지 말라

착한 자들은 마지막 파도 옆에서

그들의 덧없는 선행이 푸른 만에서 밝게 물결쳤노라고

빛이 죽어 감에 대해 분노하고 분노하네

거친 사람들은 날아가는 태양을 붙잡고 노래했지만

너무 늦게 그 길이 슬픈 것이었음을 알게 되고

밤의 어둠 속으로 순순히 들어가지 않네

엄숙한 자들도 죽음을 앞둔 채, 꺼져 가는 시선으로
멀어 버린 눈도 유성처럼 화려하고 즐거울 수 있음을 알고
꺼져 가는 빛에 대해 분노하고 분노한다네

그리고 아버지, 슬프고도 높은 곳에 있는 나의 아버지.
부탁해요 당신의 격한 눈물로 나를 저주하고 축복하시길
밤의 어둠을 순순히 받아들이지 말라
빛의 죽음에 대해 분노하고 분노하라

제임스 맥닐 휘슬러, 「검정과 금색의 녹턴」(1875)

밤의 어둠을 순순히 받아들이지 말라
빛의 죽음에 대해 분노하고 분노하라

*

딜런 토머스(Dylan Thomas, 1914-1953)는 원시적이다. 매끈하고 완벽하기보다는 존재 자체가 원시(原始)였던 한 남자.

불경스러운 술꾼이었지만 그를 미워할 수는 없다. 왜냐하면 그는 순진했고, 불꽃같았기 때문에. 그리고 무엇보다 너무나 멋진 목소리를 남겼으므로.

딜런 토머스는 뛰어난 낭송가였다. 그의 순회 시 낭송은 늘 화제였다. 그가 시 낭송을 하고 지나간 어떤 마을 극장에서는 그의 흉내를 내는 '짝퉁 딜런 토머스'를 고용해 그의 낭송을 추억할 정도였다.

왜 시가 음악성을 가지고 완성되어야 하는지 딜런 토머스는 몸으로 보여 주었다. 실제로 유튜브 같은 곳을 뒤지면 그의 육성 파일이 돌아다닌다. 시인이 직접 낭송한 「밤의 어둠을 순순히 받아들이지 말라」를 들으면 소름이 돋을 정도다. 영화 「인터스텔라」에 등장하는 마이클 케인의 멋진 낭송은 각주에 불과하다.

더구나 딜런 토머스의 시들은 완벽한 운(rhyme)으로 구성되어 있어 그 느낌이 현실을 넘어선다. 세상의 모든 시인이 왜 '음유시인'이어야 하는지를 명백하게 증거하고 있다. 태곳적 켈트족 전설 속에서나 있을 법한 신비스러운 베이스로 시를 읊는 딜런 토머스에게서는 '원시의 신화'가 느껴진다.

그의 생은 마지막까지 모순 덩어리였다. 생명력을 신앙처럼 숭배했지만 서른아홉 살의 젊은 나이에 죽었다. 그는 죽어 가는 아버지에게 바친 「어둠을 순순히 받아들이지 말라」는 시를 읊으며 미국 순회 시 낭송을 하다 뉴욕에서 객사한다. '빛의 죽음'과 싸우기는커녕 너무 일찍 너무 쉽게 죽음을 맞아들인 것이다.

그의 시 중 「펀힐 농장」이라는 시에는 이런 구절이 있다.

나 어리고 태평할 시절
나는 사슬 속에서 바다처럼 노래하였지만
시간은 나를 푸르게 또한 죽어가게 하였지.

그랬다. 시간이라는 사슬은 그를 '푸르게' 했고, 그리고 또 '죽게' 했다. 그래도 그의 푸른 죽음은 우리에게 남아 있다.

선언을 남기고 떠난 사내 —

Arthur
Rimbaud,
- Juin 1872
P. V.

Arthur Rimbaud

지옥에서 보낸 한 철

아르튀르 랭보

삶 2

나는 나보다 앞서 온 모든 이들과는 전혀 딴판으로 찬양받을 만한 발명자이다. 또한 사랑의 열쇠 같은 어떤 것을 발견한 음악가 자체이다. 지금, 담백한 하늘 아래 거친 들판의 신사로서, 나는 빌어먹을 유년시절, 학창시절 또는 나막신 여행의 도착지, 논쟁들, 대여섯 차례의 독신생활 그리고 내 뛰어난 머리 때문에 친구들과 장단을 맞추지 못한 몇몇 결혼식을 회상하고 감동받으려고 애쓴다. 나는 내 신적인 쾌활의 옛날을 아쉬워하지 않는다. 이 거친 들판의 담백한 대기가 나의 혹독한 회의를 아주 활기차게 길러주기 때문이다. 그러나 이 회의적인 태도가 이제부터는 활용될 수 없으므로, 게다가 내가 새로운 혼란에 매달려 있기 때문에 나는 매우 고약한 미치광이가 되기를 기대한다.

페르디난트 호들러, 「어린 시절」(1893)

나는 매우 고약한 미치광이가 되기를 기대한다.

*

랭보(Arthur Rimbaud, 1854-1891)가 첫 시를 발표했을 때 나이가 열여섯 살이었다. 열여섯 살의 랭보는 조숙함과 오만함, 기존 질서에 대한 반항이 담긴 실험적 시들을 발표하며 문단을 발칵 뒤집어 놓는다. 한국으로 치면 '중2' 정도 나이에 랭보는 기존의 모든 질서에 조소를 날렸다.

'중2'가 되기 이전의 랭보는 나름 모범생이었다고 한다. 부모의 갈등으로 집안 문제가 있기는 했지만 랭보는 착실하고 신앙심 깊은 소년이었다. 공부도 잘해서 일곱 살에 학교에 입학한 이후 줄곧 수석을 놓치지 않았고, 어린 나이에 라틴어를 통달했으며, 성격도 좋았다고 한다. 이랬던 소년 랭보가 사춘기에 접어들면서 돌변하기 시작한다. 학교, 종교, 민족주의를 거부했고, 부르주아 문화를 경멸하기 시작했다. 잠재되어 있던 반역의 기운이 폭발한 것이다.

지금 기준으로 보면 열여섯 살 랭보의 변화 양상, 즉 이유 없는 반항과 유아독존적 사고, 허세와 방황 등은 이른바 '중2병' 증세와 비슷하다. 우스갯소리로 랭보는 '중2병 끝판 왕'이었던 셈이다.

어린 나이에 이미 시의 비밀을 엿본 랭보는 이른바 '견자 (seer)'라는 개념에 몰입한다. 세상에 속해 있으면서도 세상 밖을 보는, 현재에 속해 있으면서도 오지 않은 시대를 보는 사람이 되고 싶어 한다. 도구는 물론 시(詩)였다.

랭보는 후세를 사는 우리에게 작별인사만 남기고 떠난 여행자로 남아 있다. 그는 중2병에서 돌아오지 않았다. 영원히 앓았으며 영원히 처방을 내리지 않은 채 생을 마감했다.

그는 스무 살이 넘은 다음부터 시를 쓰지 않았다. 이미 견자로서의 모든 선언문과 예언자로서의 모든 결론을 내려버렸기 때문이다.

시 「삶 2」는 랭보의 '견자 선언문'으로서 손색없는 시다.

랭보는 자기 자신을 "나보다 앞서 온 모든 이들과는 전혀 딴판으로 찬양할 만한 발명자"라고 선언하고는 영원히 나약한 부르주아들의 세상으로 돌아오지 않았다. 그리고 시의 세상으로도 돌아오지 않았다. 그래서 랭보의 시들은 영원히 선언으로 남게 되었다.

선언은 위험한 일이다. 발화되어 나간 말에 대해 책임을 져야 하고, 그 말을 증거해야 한다. 선언문처럼 쓰인 시의 문학성을 평가하는 데 인색한 이유도 그 때문이다. 언젠가 발화자에 의해 스스로 부정될 주장들의 허구를 일찍이 짐작할 수 있기 때문이다.

하지만 예외가 있다. 자의든 타의든 청춘의 선언을 마지막으로 문학판을 떠난 경우다. 랭보는 그렇게 떠났다. 선언만을 남겨둔 채. 바람 구두를 신고.

글씨체로
남은 사랑

Rainer Maria Rilke

이별

라이너 마리아 릴케

이별이란 어떤 것일까
내가 아는 이별, 어두운, 상처 입지 않은,
매정한 어떤 것: 아름다울 만한 것을
다시 한 번 보여 주면서, 질질 끌며,
찢어 버리는 어떤 것.

어떻게 아무 방어 없이 나는
그곳에 나를 부르고, 가게 하고, 남게 하는
그것을 쳐다볼 수 있었던가. 모든 여인들이 그렇듯
그래 봐야 보잘것없어지고, 이것밖에 없는데.

한 번의 윙크, 이젠 나와 상관없는,
계속되는 한 번의 가벼운 윙크―, 그것은 이미
아무런 뜻이 없네: 아마도 한 마리의 뻐꾸기가 날아올라
황망히 떠나 버린 한 그루 자두나무인지 모르지.

릴케의 연인 루 살로메

레오니드 파스테르나크, 「릴케, 모스크바에서」(1928)

이별이란 어떤 것일까
내가 아는 이별, 어두운, 상처 입지 않은,
매정한 어떤 것

*

이별은 흔적으로 우리를 괴롭힌다. 흔적을 남기지 않았다면 기억도 남지 않았을지 모른다. 떠난 사람이 남긴 흔적을 보며 우리는 가슴을 두드린다.

루 살로메는 라이너 마리아 릴케(Rainer Maria Rilke, 1875-1926)에게 지울 수 없는 흔적을 남긴 여인이다. 릴케는 그녀가 시키는 대로 '르네'라는 이름을 '라이너'로 바꿨고, 글씨체까지 루 살로메처럼 고쳤다.

자신의 흔적으로 이름과 필체를 남긴 여인. 릴케는 평생 그녀에게서 벗어나지 못한다. 몇 번이나 이별을 했지만 그럴 때마다 '흔적의 노예'라는 사실만 다시금 확인될 뿐이었다.

세기말 우울이 유럽을 휩쓸 무렵인 1897년 어느 날 릴케는 루 살로메를 처음 만난다. 사실 만났다기보다는 루 살로메가 강림하셨다는 표현이 더 맞을지도 모른다. 실제로 릴케는 이때 "우리는 어느 별에서 내려와 이제야 만난 거죠."라는 말을 건넸다고 한다.

릴케는 이때부터 시다운 시를 쓰기 시작한다. 창조적 직관만 있던 그에게 사랑이 다가온 것이다. 사랑은 환희와 절망이 교차하는 일. 하지만 릴케에게는 절망이 더 많았다.

시 「이별」은 그가 이름과 필체를 남겨 준 여인에게서 벗어나지 못해 얼마나 헤매었는지를 보여 준다. "아름다울 만한 것을/ 다시 한 번 보여 주면서. 질질 끌며/ 찢어 버리는 것"이라는 부분에서는 무릎을 치게 된다. 그렇다. 가장 사악한 이별은 '아름다웠던 일을 다시 한 번 보여 주는 것'이다.

릴케는 아팠지만 우리는 릴케를 기억한다. 사랑을 갖지 못했으며, 그로 인해 제대로 된 삶을 얻지 못한 남자. 하지만 그 대가로 시를 남긴 남자. 우리는 그래서 릴케를 기억한다.

윤동주도 자신의 시 「별 헤는 밤」에서 "라이너 마리아 릴케 이런 시인들의 이름을 불러 봅니다."라고 노래했다. 삶과 사랑에 대해 겸허하게 아파했다는 점에서 둘은 너무나 닮아 있다.

권태로부터
탈주한 목신 ──

Stéphane Mallarmé

「바다의 미풍」

스테판 말라르메

오! 육체는 슬퍼라, 그리고 나는 모든 책을 다 읽었노라

떠나 버리자. 저 멀리 떠나 버리자! 새들은 취한 듯

낯선 거품과 하늘로 나섰다!

그 무엇도, 눈매에 비친 해묵은 정원들도

바닷물에 젖은 이 마음을 붙들지 못하리

오 밤들이여! 백색이 가로막는 텅 빈 백지를

비추는 내 램프의 황량한 불빛도

어린아이 젖 먹이는 젊은 여인도

나는 떠나리! 선부(船夫)여 돛을 일렁이며

닻을 올려 이국의 자연을 향해 떠나라!

잔인한 희망에 시달리는 권태는

아직도 손수건의 거창한 작별을 믿고 있구나!

폭풍을 부르는 돛대들은 어쩌면

바람을 만나 돛도 없이 돛도 없이

풍요로운 섬도 없이 길을 잃고 난파하는가……

그러다, 오 나의 가슴아, 저 뱃사람들의 노랫소리를 들어라.

*

"사물의 이름을 말해 버리는 것은 시가 주는 즐거움을 앗아가는 것이 된다."

스테판 말라르메(Stéphane Mallarmé, 1842-1898)가 했다는 말이다. 다른 시인들이 사물의 이름을 '명명'하기 위해 고군분투할 때 말라르메는 사물의 이름을 감추기 위해 상징의 길로 걸어 들어갔다. 언어를 일반적인 의미에서 해방시키기 위해 그는 읽은 모든 책을 지웠다.

말라르메에게 세상은 더 이상 새롭지 않았다. 그에겐 새로운 언어의 대륙이 필요했다. 등기소 말단 직원에서 프랑스 현대시의 스승이 된 이 남자.

말라르메라는 이름을 이해하기 위해서는 『목신의 오후』를 읽어야 한다. 『목신의 오후』를 처음 만났을 때 내게는 의문이 하나 들었다. 서유럽 신화가 짙게 깔린 난해하고 생경한 시 구절보다 더 의아했던 것은, 왜 하필 반인반수(半人半獸)의 모습을 한 신을 등장시켰는가 하는 문제였다. 말라르메는 왜 반인반수를 등장시켜 인간의 욕망을 말하려 했을까?

레온 박스트, 「목신의 오후」(1911)

의문은 그의 초기 시 「바다의 미풍」을 곰곰이 읽으면서 풀렸다. 말라르메는 현존을 떠나고 싶어 했다. 육체는 슬프고 모든 책은 이미 읽어 버렸으니까.

육신의 한계를 알고, 세상의 모든 책을 다 읽어 버린 자에게 남겨진 건 무엇이었을까? 탈주밖에 없지 않았을까? 인간의 육체로부터 인간이 구현한 대도서관으로부터 탈주하는 것, 그것이 말라르메의 꿈 아니었을까?

「바다의 미풍」은 그래서 선언문이다. 인간의 몸을 떠나겠다는, 인간의 사유를 떠나겠다는 신화적 선언문이다. 말라르메는 바람을 만나 돛도 없이, 나타나 줄 섬도 없이 헤매는 일이 있을지라도 자신의 가슴은 탈주를 원한다고 자백했다. 권태 때문에 권태 속에서 죽는 것은 시인에게는 죄악이었으므로…….

말라르메에게 묻고 싶다. 떠나서 무엇을 보았는지, 어떤 언어를 얻었는지.

지상에서만 무기력했던 새 한 마리 ──

Charles-Pierre
Baudelaire

알바트로스

보들레르

선원들은 자주 심심풀이로
거대한 바다새 알바트로스를 붙잡는다
아득한 바다 위를 미끄러지듯 나아가는 배를
태평스럽게 뒤따르던 길동무를.

갑판 위에 내려놓은
창공의 왕자(王者)는 서툴고 창피스런 몸짓으로
크고 하얀 날개를 배의 노처럼
가련하게 질질 끌고 다닌다.

날개 달린 이 여행객의 어색하고 무기력함이여
한때 멋있던 그는 얼마나 우습고 추해 보이는지
어떤 이는 담뱃대로 그의 부리를 성가시게 하고
다른 이는 절뚝거리며 더 이상 날지 못하는 불구자 흉내를
내는구나!

시인도 폭풍우를 넘나들고 사수들을 비웃는
이 구름 속의 왕자(王子)와 비슷하여라.
야유 속에 지상에 유배당하니
거인의 날개가 걷기조차 힘겹게 하는구나.

*

세상에 보들레르(Charles Baudelaire, 1821-1867)라는 시인이 있고 『악의 꽃』이라는 시집이 있다는 사실만으로도 충격이었다. 나의 십 대 시절 이야기다. 시집 제목이 『악의 꽃』이라니!

하지만 시집의 첫 소감은 실망이었다. 미풍양속을 해친다는 이유로 당국으로부터 삭제 명령을 받았다는 시들부터 찾아봤는데, 고개를 갸우뚱하지 않을 수 없었다. 그중 한 편인 「패물」을 보자.

그녀는 몸을 뉘어 사랑에 몸을 맡기고
절벽을 향해 오르듯 그녀를 향해 치밀어 오르는
바다처럼 감미로운 내 사랑을
긴 의자 위에서 흐뭇한 미소로 맞아들이고 있었다.

뭐지, 보들레르 당시 프랑스 사회는 이 정도도 견디지 못할 만큼 나약한 사회였나. 이 정도 수위의 시가 근 한 세기 동안 세상에 얼굴을 내밀지 못하고 있었다니! 도무지 19세기 프랑스가 이해되지 않았다.

시집을 한참 더 읽고 나서야 나는 시집의 다른 가치를 찾아냈다. 사실 나를 울린 건 도전적이거나 파격적인 시편들이 아니었다. 보들레르 시집에서 나를 흔든 건 보들레르 자신의 아픔이 투사된 고백시들이었다. 대표적인 시가 바로 「알바트로스」다.

알바트로스라는 새를 아는가? 아마 누구나 한 번쯤 자연다큐 채널을 통해 본 적이 있을 것이다. 흔히 '신천옹'이라고 불리는 이 새는 길이가 2미터가 넘는 희고 긴 날개로 바다 위를 우아하게 날아다닌다. 흡사 아름다운 글라이더를 보는 것 같다. 하지만 땅에 내려앉는 순간 이 새는 슬픈 신세로 전락한다. 몸보다 지나치게 큰 날개 때문에 뒤뚱거리고 넘어지기 일쑤다. 절벽이나 높은 산처럼 상승기류의 도움을 받을 수 있는 곳이 아니면 스스로 힘으로 날아오르기도 쉽지 않다.

시에는 선원들에게 사로잡혀 농락당하는 알바트로스가 등장한다. 어색하고 무기력한 날개 달린 여행객, 바로 보들레르 자신이다. 생전 단 한 권의 시집을 냈지만 그 시집으로 온갖 야유와 비난의 대상이 되었던 보들레르. 생의 마지막을 세상으로부터 버려진 금치산자로 살아야 했던 보들레르가 피운 꽃이 바로 '악의 꽃'이었다. 불행한 천재들이 다들 그랬듯 보들레르는 세상에 좀 일찍 온 인물이었다. 그는 긴 날개를 질질 끌며 우울한 파리를 헤맸다. 현대시는 그렇게 거추장스러운 보들레르의 날개에서 시작됐다.

내 청춘의 주술, 엘뤼아르

Paul Eluard

그리고 미소를

폴 엘뤼아르

밤은 결코 완전한 것이 아니다
내가 그렇게 말하기 때문에
내가 그렇게 주장하기 때문에
슬픔의 끝에는 언제나
열려 있는 창이 있고
불 켜진 창이 있다.
언제나 꿈은 깨어나며
욕망은 충족되고
배고픔은 채워진다.
관대한 마음과
내미는 손 열려 있는 손이 있고
주의 깊은 눈이 있고
함께 나누어야 할 삶
삶이 있다.

*

이십 대 중반 문학청년 몇이 모여 시 창작 동인을 만든 적이 있었다. 얼마 후 첫 번째 동인 시 선집을 만들게 됐는데 제목이 문제였다. 우리들의 문학 경향도 대변하면서 뭔가 독특한 이미지를 지닌 제목이 마땅히 생각나지 않았다. 분위기는 자연스럽게 구성원 중 가장 선배였던 나에게 집중되었고, 나는 번뜩이는 아이디어가 생각났다.

"그래 '피카소가 그린 엘뤼아르'로 하자."

실제로 피카소는 엘뤼아르를 그렸다. 그 그림이 민음사 세계 시인총서 『이곳에 살기 위하여』의 속표지에 실려 있다. 드로잉이었는데 엘뤼아르의 옆얼굴을 흡사 그리스 조각처럼 면 분할해서 그렸다. 나는 그 그림을 좋아했다. 면 분할로 그려진 엘뤼아르의 얼굴이 다면적이었던 엘뤼아르의 문학과 인생을 보여주는 듯했기 때문이다.

어쨌든 우리들의 동인지 이름은 '피카소가 그린 엘뤼아르'가 됐고, 비매품이었지만 아는 사람들 사이에서는 꽤나 화제가 됐었다.

사람들은 엘뤼아르(Paul Éluard, 1895-1952)의 시 중 「자유」라는 시를 좋아했지만 나의 눈을 사로잡은 건 「그리고 미소를」이었다. 첫 단어부터 마지막 단어까지 단숨에 읽어 내려갈 수 있는 이 시는 내게 막연한 희망의 윤곽을 보여 주었다.

아마 나는 당시 내 청춘을 '어두운 밤'이라고 생각했던 것 같다. 그런 내게 "밤은 결코 완전한 것이 아니다."라는 계시를 내려 준 시였으니 그 감동이 오죽했을까.

생각해 보면 이 시에서 큰 위안을 얻었던 것 같다. 시가 가르쳐 준 것처럼 포기하지 않고 '밤은 완전하지 않다.'고 읊조리면 밤을 이겨 낼 수 있을 것 같았다. 그래서 이 시는 내 청춘의 주술이 됐다.

사실 엘뤼아르는 '혁명의 시인'이라고 말하기에는 너무나 감미로웠고, '낭만 시인'이라고 말하기에는 너무나 혁명적이었다. 바로 이 묘한 지점에 엘뤼아르의 시가 존재한다.

새로운 여인과 사랑에 빠질 때마다 시 세계가 바뀌었다는 시인. 그러면서도 자기가 살았던 시대적 책무를 멀리하지 않았던 시인. 엘뤼아르는 그렇게 인간적인 모습으로 내게 다가왔다.

시집에는 엘뤼아르의 면모를 보여 주는 「야간통행금지」라는 시도 실려 있다.

"어쩌란 말인가 문은 감시받고 있는데
어쩌란 말인가 우리는 갇혀 있는데

어쩌란 말인가 거리는 차단되었는데

[……]

어쩌란 말인가 밤이 되었는데
어쩌란 말인가 우리는 서로 사랑하는데.

삼엄한 사회 분위기에 대한 저항시를 쓰면서도 '사랑'으로 결말을 내고야 마는 엘뤼아르를 그 시절 어찌 사랑하지 않을 수 있었겠는가?

로렐라이에 가려진
독일의 빛과 어둠 ——

Heinrich Heine

슐레지엔의 직조공

하인리히 하이네

침침한 눈에는 눈물도 마르고

베틀에 앉아 이빨을 간다

독일이여 우리는 짠다 너의 수의를

세 겹의 저주를 거기에 짜 넣는다

우리는 짠다 우리는 짠다

첫 번째 저주는 신에게

추위와 굶주림 속에서 우리는 기도했건만

희망도 기대도 허사가 되었다

신은 우리를 조롱하고 우롱하고 바보 취급을 했다

우리는 짠다 우리는 짠다

두 번째 저주는 왕에게 부자들의 왕에게

우리들의 비참을 덜어 주기는 커녕

마지막 한 푼마저 빼앗아 먹고 그는

우리들을 개처럼 쏘아 죽이라 했다

우리는 짠다 우리는 짠다

세 번째 저주는 그릇된 조국에게
오욕과 치욕만이 번창하고
꽃이란 꽃은 피기가 무섭게 꺾이고
부패와 타락 속에서 구더기가 살판을 만나는 곳
우리는 짠다 우리는 짠다

북이 날고 베틀이 덜거덩거리고
우리는 밤낮으로 부지런히 짠다
낡은 독일이여 우리는 짠다 너의 수의를
세 겹의 저주를 거기에 짜 넣는다
우리는 짠다 우리는 짠다

케테 콜비츠, 「빈곤」

두 번째 저주는 왕에게 부자들의 왕에게

우리들의 비참을 덜어 주기는커녕

마지막 한 푼마저 빼앗아 먹고 그는

우리들을 개처럼 쏘아 죽이라 했다

케테 콜비츠, 「죽음」

케테 콜비츠, 「회의」

*

케테 콜비츠(Käthe Kollwitz, 1867-1945)의 판화를 만나기 전까지 하이네(Heinrich Heine, 1797-1856)는 연애시인이었다. 고등학교가 몰려 있던 혜화동 근처 독서실 같은 데 굴러다녔던 『세계의 명시』나 『사랑시 00편』 같은 책의 단골손님이 하이네였다. 묘한 낭만적 음가(音價)를 지닌 그의 이름은 연애시와 잘 어울렸다.

하이네에게 서정시인이라는 낙인을 찍은 결정적 작품은 「로렐라이」였다. 전설을 바탕으로 창작된 이 민요시는 하이네에게 명성과 낙인을 동시에 안겨 준 작품이다. 때로는 하이네에게 멍에가 되기도 했고, 때로는 하이네를 지켜 주는 보호막이 되기도 했다. 그 밖에도 「노래의 날개 위에」, 「그대 한 송이 꽃과도 같이」 같은 작품은 설익은 연애편지에 종종 옮겨 적었던 시들이었다.

독일 정부가 독일에 저주를 퍼부어 댄 유대인 시인 하이네의 시들을 금지시켰을 때에도 「로렐라이」만은 '작자 미상'이라는 꼬리표를 달아 유통을 허용했다는 일화는 널리 알려진 사실이다.

사실 조금만 다른 시각으로 보면 「로렐라이」는 연애시와는 거리가 멀다. 고달픈 삶을 살아가는 가난한 뱃사공이 머리를 빗어 넘기며 노래 부르는 아가씨에게 홀려 강물에 빠져 죽었다는 이야기는 결코 연애시에 걸맞는 스토리가 아니다. 이상하게 우리는 하이네를 반 토막만 알고 있었던 것이다.

그런데 하이네의 나머지 반 토막을 만났다. 우연히 케테 콜비츠의 암울한 6부작 판화 「빈곤-죽음-회의-행진-폭동-결말」을 보았고, 그것이 1844년에 있었던 슐레지엔의 직조공 폭동을 모티프로 삼은 작품이라는 사실과 그 연결고리에 하이네의 시가 존재했음을 알았다. 그 다음부터 '하이네'라는 이름의 음가는 낭만에서 저항으로 장르 전환을 했다. 아름다운 유채꽃밭보다 그 옆 선창가에서 그물을 터는 어부의 힘센 팔뚝이 더 아름다울 수도 있다는 진리를 깨닫기 시작했던 스무 살 무렵이었다. 소름이 돋았다.

하이네와의 두 번째 만남은 그렇게 시작됐다.

미워할 수 없는
그 남자의 문장전선 ─

Ernest Hemingway

돌격대

어니스트 헤밍웨이

사내들은 기꺼이 죽어 갔지만
그들은 오랫동안
전선을 향해
행군한
사내들은 아니었다
이들은 몇 번 차를 타다가
음란한 노래를 유산으로 남기고
떠나갔다

*

　탁월한 전기 작가인 제프리 마이어스는 헤밍웨이(Ernest Hemingway, 1899-1961)에 대해 다음과 같은 일갈을 남겼다. "헤밍웨이는 그의 쇠퇴, 그의 죽음, 그의 비방자들보다 더 오래 살아남았다."

　헤밍웨이는 다면적인 인간이었다. 그만큼 약점이 많았고, 그래서 그에게는 늘 비방자들이 많았다. 헤밍웨이는 어찌 보면 값싼 재주꾼이었고, 어찌 보면 탁월한 재능으로 무장한 고매한 문학 정신의 소유자였다. 또 사사로운 현세적 욕망의 소유자였고, 자신의 생을 실험실에 내던진 풍운아였다.

　이처럼 헤밍웨이는 알량함과 위대함, 나약함과 강건함을 모두 갖춘 남자였다. 깜짝 놀랄 만한 작품을 써내는가 하면, 조롱거리가 될 만한 태작을 양산하기도 했던 그는 롤러코스터 같은 생을 살았다. 그리고 그는 우리 뇌리에 지울 수 없는 흔적을 남겼다. 비록 엽총 자살로 생을 마감했지만, 제프리 마이어스의 말처럼 "비방자들보다 더 오래" 그는 문학으로 살아남았다.

　헤밍웨이에게는 또 하나의 모습이 있었다. 그는 시를 썼다. 널

스페인내전 당시 공화주의자들

리 알려진 소설가였지만 과소평가된 시인이기도 했다. 헤밍웨이의 시적 기질은 소설 속에서도 많이 드러난다. 너무도 유명한 대표 소설 『누구를 위하여 종을 울리나(For Whom the Bell Tolls)』의 제목은 17세기 영국을 대표하는 형이상학과 시인 존 던(John Donne, 1572-1631)의 기도시에서 한 구절을 차용한 것이다.

그에게 세계적인 명성을 안겨 준 『노인과 바다』는 시적 감수성으로 쓰인 작품이다. 주인공 노인의 내면적 고백과 바다에 관한 철학적 묘사, 등장인물들의 고결한 정신. 이런 것들을 헤밍웨이는 매우 시적인 문장에 옮겼다. 간혹 그의 소설에서 느껴지는 충동적 경솔함은 읽히지 않는다. 그는 이미 시인이었다.

새롭게 번역된 헤밍웨이의 시들을 보면 간결한 문체에 담긴 시편들이 신선하게 다가온다. 그중 「돌격대」는 작지만 큰 시다. 헤밍웨이는 이 짧은 시에서 범속과 고상함을 넘나들었다.

헤밍웨이도 참전했던 스페인 내전. 이념과 정의의 구현을 위해 전 세계에서 모여든 젊은이들이 트럭을 타고 전선으로 향했다. 하지만 그들의 머릿속에는 오직 정의와 이념만 있었을까? 그들은 정말 돌격만 했던 것일까? 돌격하는 그들의 머릿속에 떠오른 것은 고향에 두고 온 처녀들의 흰 젖가슴일지도 모른다. 이 애매한 지점에서 헤밍웨이는 인간의 손을 들어 준다. 어차피 그런 거라고, 인간은 그렇다고.

나는 미워할 수가 없다, 헤밍웨이를……

소멸을 노래한
청춘의 교사 ──

Herman Hesse

눈 속의 나그네

헤르만 헤세

밤 자정에 시계 하나 산골에 울립니다

달이 차디차게 헐벗고 하늘을 헤매입니다

길가에, 눈과 달빛 속에

나는 나의 그림자와 홀로 걸어갑니다

얼마나 많은 푸른 봄 길을 걸었던지

얼마나 많은 타오르는 여름 해를 보았던지

발걸음은 피로하고 머리는 희끗희끗해졌습니다

내가 전에 어떠했는지 아무도 모릅니다

피곤하고 가냘픈 나의 그림자가 걸음을 멈춥니다

어느 때 나그네 길도 끝날 것입니다

화려한 세상으로 나를 끌어들인 꿈도

나에게서 사라집니다.

꿈이 나를 속인 것을 이제 나는 압니다.

헤르만 헤세가 그린 수채화

밤 자정에 시계 하나 산골에 울립니다
달이 차디차게 힐벗고 하늘을 헤맵니다

*

고교 시절, 같은 성당에 다니던 눈이 예뻤던 여학생 손에는 책이 한 권 들려 있었다. 『데미안』이었다. 그 길로 서점에 달려가 『데미안』을 샀다. 사실 소설책이 궁금했던 게 아니라 그 여학생의 정신세계가 더 궁금했다.

청춘의 성서 『데미안』을 그렇게 만났다. 지금도 헤세에게 물어보고 싶다. 알을 깨고 나온 싱클레어는 어떻게 어른이 됐는지, 그리고 행복했는지.

헤르만 헤세(Hermann Hesse, 1877-1962)는 '청춘의 교사'였다. 그의 소설을 읽으며, 그의 산문을 읽으며, 그의 지적인 흑백사진을 보며 우리는 수많은 계시를 받았다.

그의 시를 만난 건 어른이 된 다음이었다. 헤세의 시는 소설과 달랐다. 헤세의 시에는 노년이 있었고, 죽음이 있었다. 어색했다. 『데미안』 때문에 헤세를 너무나 늦게 만난 것이다. 그래서 헤세가 질풍노도의 열정가보다는 구도자에 가까운 인물이라는 걸 좀 늦게 알 수 밖에 없었다. 그리고 헤세의 파란만장한 삶도, 그가 견뎠을 암울했던 시대도 그의 시를 읽으며 짐작할 수 있었다.

「눈 속의 나그네」를 읽으며 나는 자꾸만 싱클레어가 오버랩되는 느낌을 지울 수가 없었다. 알을 깨고 나온 싱클레어가 독백을 하는 것 같았다. "꿈이 나를 속인 것을 이제 나는 압니다."라고……

헤세는 이렇듯 인간의 생을 관통하는 작가였다. 지금도 가끔 헤세가 너무나 기숙학교 스승 같아서 힘겹다. 하지만 담을 넘어 속세로 도망쳤다가도 어느새 헤세의 설교를 듣기 위해 돌아와 있다. 헤세는 영원한 교사다. 태어나서 어른이 되고 결국 죽어 가는 인간의 생을, 그림 그리듯 교재로 만들어 우리에게 보여 준 교사다.

놀라운 것은 그 그림이 수채화라는 데 있다. 헤세가 그려 준 그림은 유화나 판화가 아닌 수채화다. 이것이 헤세의 미스터리다. 짐작해 보자면 헤세는 소멸의 대리인이 아니었나 싶다.

인생이라는 게 살아서는 전쟁이어야 하고, 소멸 앞에서는 부질없어지게 마련이다. 생을 '전쟁'으로 보느냐 아니면 '소멸'로 보느냐에 따라 그림의 장르가 정해지는 것 아닐까? 헤세는 분명 소멸을 노래한 시인이었다.

눈물은 긴말이
필요없다 ──

松尾芭蕉
(まつお ばしょう)

마쓰오 바쇼의 하이쿠 두 편

손에 잡으면
사라질 눈물이여
뜨거운 서리

화롯불도

사그라드네 눈물이

끓는 소리

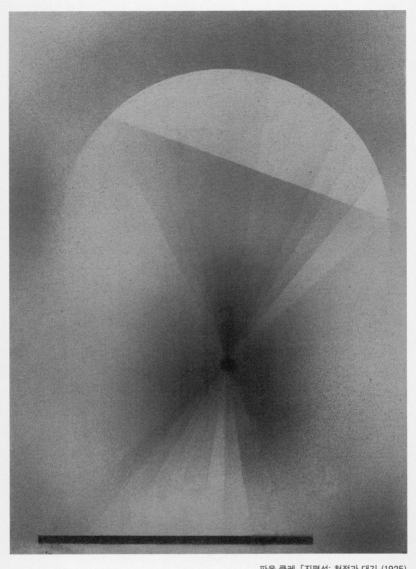

파울 클레, 「지평선: 천정과 대기」(1925)

눈물이 마음으로부터 눈으로 나온다면,
모든 물은 아래로 흐르는데 왜 유독 눈물만은 그렇지 않은가.

*

"눈물이 마음으로부터 눈으로 나온다면, 모든 물은 아래로 흐르는데 왜 유독 눈물만은 그렇지 않은가. 마음은 가슴에 있고 눈은 위에 있는데 어찌 아래로부터 위로 가는 이치가 있단 말인가." 조선 후기를 살았던 선비 심노숭(沈魯崇)은 이른 나이에 세상을 떠난 아내의 죽음 앞에서 이런 글을 남긴다.

눈물 앞에서는 자명한 과학적 이치도 통하지 않는다. 모든 물은 위에서 아래로 흐르는 것이 삼라만상의 법칙인데 왜 눈물만은 아래(가슴)에서 위(눈)로 솟구치느냐며 통한의 글을 남긴 선비의 산문은 많은 이들의 마음을 적신다.

'눈물'을 읊어 낸 마쓰오 바쇼(まつお ばしょう, 1644-1694)의 하이쿠도 그렇다. 바쇼에게 눈물은 '서리'이자 '끓는 소리'를 내는 어떤 것이다. 차갑기도 하고 뜨거운 것, 그것이 눈물이다. 모든 극적인 순간에는 눈물이 함께 있다. 하이쿠의 간명함과 눈물의 상징성이 멋진 조화를 이루어 냈다.

일본의 서점에 가면 하이쿠는 현대시와는 별도 코너에 진열되어 있다. 하이쿠는 '촌철살인의 명구'라는 찬사와 '말놀이'라는 비난을 함께 들으며 면면을 이어 왔다.

'말놀이'의 혐의가 짙은 하이쿠를 문학의 경지로 올려놓은 사람이 바쇼다. "하이쿠는 곧 바쇼이고, 바쇼는 곧 하이쿠 자체"라는 말이 통용될 정도다. 그만큼 바쇼는 하이쿠가 할 수 있는 모든 것을 현실에서 가능케 한 장본인이다.

자수의 제한과 계절어의 사용을 철저하게 지키는 하이쿠는 이상스러울 만큼 '허무'의 정서가 강하다. 아마도 계절이 등장하기 때문일 것이다. 계절이 변하는 걸 보면서 행복해 하는 사람은 많지 않다. 계절이 변한다는 건 속절없이 시간이 흐른다는 의미다. 게다가 1년을 네 개의 장르로 분절하니 더욱 빨리 흐르는 것 같다. 낙엽 하나에, 장맛비 한 번에, 폭설 한 번에 1년이 가 버리니 말이다.

몸서리처지는 허무의 한 극점. 하이쿠는 그 자리에 있다. 눈물이 서리로 변하는 것을 보거나 눈물이 끓는 소리를 듣는 것. 그것이 하이쿠를 읽는 '절정'이다.

내성적인 청년과 나눈 최초의 악수 ——

尹東柱

쉽게 씌어진 시

윤동주

창 밖에 밤비가 속살거려,
육첩방(六疊房)은 남의 나라,

시인이란 슬픈 천명인 줄 알면서도
한 줄 시를 적어 볼까,

땀내와 사랑내 포근히 품긴
보내 주신 학비 봉투를 받아

대학 노트를 끼고
늙은 교수의 강의 들으러 간다.

생각해 보면 어릴 때 동무를
하나, 둘, 죄다 잃어버리고

나는 무얼 바라
나는 다만, 홀로 침전하는 것일까?

인생은 살기 어렵다는데
시가 이렇게 쉽게 씌어지는 것은
부끄러운 일이다.

육첩방은 남의 나라
창 밖에 밤비가 속살거리는데,

등불을 밝혀 어둠을 조곰 내몰고,
시대처럼 올 아침을 기다리는 최후의 나,

나는 나에게 적은 손을 내밀어
눈물과 위안으로 잡는 최초의 악수.

등불을 밝혀 어둠을 조금 내몰고,
시대처럼 올 아침을 기다리는 최후의 나,

파울 클레, 「스위스」(1926)

*

모르는 사이에 당신의 나이를 넘어와 있었습니다

그것을 잊은 채로 당신의 나라에 와 버렸고 당신의 학교에까지 와 버렸습니다

팔짱을 끼고 독수리상을 지나서 왼쪽으로 올라가면 당신의 비석이 서 있습니다

당신의 나이를 넘은 제 삶을 여기에 옮긴 것은 옳았던 것인지 저는 당신의 말 앞에 서 있습니다

실현될 때 말은 빠릅니다

빛처럼 실현될 때 말은 운명입니다

　　　　　　　　—사이토 마리코, 「비 오는 날의 인사」에서

20여 년 전이었을까. 『입국』이라는 시집이 배달돼 왔다. 사이토 마리코라는 일본 시인이 한국어로 쓴 시집이었다. 뒤늦게 배운 한국어로 얼마나 시를 잘 썼을까 싶어 책장을 넘기던 나는 소름이 돋는 듯한 묘한 흥분에 빠져들었다. 뛰어난 시적 감성은 말할 것도 없었고, 늦게 배운 타국어를 차곡차곡 쌓아올려

직조해 낸 시의 수준은 짜릿함을 넘어서는 경지에 가 있었다.

글의 서두에 인용한 시 「비 오는 날의 인사」는 가슴을 두드리며 읽어야 할 만큼 감동적이었다. 시는 윤동주(1917-1945)에게 바치는 헌사였다.

대학 재학 중 한국어를 배우기 시작해 연세대로 유학을 온 사이토는 비 오는 어느 날 캠퍼스에 서 있는 윤동주의 시비 앞에 선다. 그는 아마도 말로 다 하기 힘든 감회에 젖었을 것이다. 자기보다 어린 나이에 생을 마감한 청년문사에 대한 애틋함과 가해 국가에서 왔다는 죄책감이 돌아서는 그의 발길을 무겁게 했을 것이다. 사이토는 기숙사에 돌아와 시를 썼을 것이다. 묘한 아이러니에 고개를 저으면서 말이다.

필자도 대학원 시절 비 오는 어느 날. 불현듯 윤동주 시비를 찾은 적이 있었다. 자연스럽게 사이토의 시가 생각났고 다음 날 어렵게 출판사의 도움을 받아 그에게 안부 메일을 보냈다. 그는 "겨울에도 모기가 사는 따뜻한 오키나와에 살면서도 차가운 비가 내리던 날 만났던 윤동주의 삶과 시를 한 번도 잊어 본 적이 없다."라는 내용이 담긴 답장을 보내왔다. 사이토에게 윤동주는 '화인(火印)'과 같은 존재였다.

일본인들이 윤동주에 대해 갖는 경외심은 어제오늘의 일이 아니다. 일본 연수 시절 도쿄 신주쿠에 있는 기노쿠니아 서점에 자주 갔다. 날씬한 책장 한 개 정도가 해외 시 코너였는데 가장 압도적으로 눈에 띄는 책이 윤동주 관련 서적들이었다. 적어도 일본 최대 서점에서 윤동주는 예이츠나 릴케보다 더 중요한 대접을 받는 시인이었다. 놀라웠다. 시집이나 전집은 물론 윤동주에 대한 평론과 평전 등 다양한 관련 서적이 꽂혀 있었다.

가해자인 일본이 윤동주를 기억하고 있는 동안 한국에서 윤동주는 '교과서 속 시인'으로 머물러 있었다. 「서시」 한 편과 흑백사진 몇 장으로 우리는 윤동주를 다 안다고 생각했던 것이다.

영화 「동주」로 우리는 윤동주를 다시 만나기 시작했다. 그동안 사람들은 윤동주를 '열사로 태어나 열사답게 죽은 사람'이라고만 생각해 왔다. 그러나 태어날 때부터 열사인 사람은 없다. 윤동주는 우리와 별반 다르지 않은 눈물 많은 청년이었다. 하지만 격변의 역사는 그를 내버려 두지 않았다. 그 심약한 청년이 '대의'를 선택하면서 얼마나 많은 것을 버렸는지 우리는 이제야 조금씩 알아가고 있는 것이다.

우리는 눈물과 위안으로 윤동주와 '최초의 악수'를 하고 있다.

카르페 디엠
과거에서 온 웅변가 ——

Quintus Horatius
Flaccus

카르페 디엠

호라티우스

묻지 마라, 아는 것이 불경이라. 나나 그대에게.
레우코노에여, 생의 마지막이 언제일지 바빌론의
점성술에 묻지 마라. 뭐든 견디는 게 얼마나 좋으냐.
유피테르가 겨울을 몇 번 더 내주든, 바위에 부서지는
튀레눔 바다를 막아선 이번 겨울이 끝이든 아니든.
현명하게 살게나. 술을 내려라. 짧은 우리네 인생에
긴 욕심일랑 잘라내라. 말하는 동안에도 우리를 시샘하는
세월은 흘러간다. 내일은 믿지 마라. 오늘을 즐겨라.

*

'카르페 디엠!(Carpe Diem!)'

영화 「죽은 시인의 사회」에서 새로 부임한 키딩 선생(로빈 윌리엄스 분)은 규율과 전통, 주입식 교육에 짓눌려 있던 명문 기숙학교 학생들에게 이렇게 외친다. "카르페 디엠. 오늘을 즐겨라…… 오늘을 잡아라…… 오늘을 살아라…… '카르페 디엠'이라는 소리가 들리지 않니? 우리는 언젠가 죽는다. 시간이 있을 때 장미 꽃봉오리를 즐겨라."

라틴어 '카르페 디엠'은 우리말로는 '오늘(현재)를 즐겨라.'쯤으로 해석된다. 영어로는 'Seize the day.'이다. 이 말을 처음 유행시킨 장본인은 고대 로마 시인 호라티우스(Horatius, B.C. 65~8)다.

어쨌든 영화 「죽은 시인의 사회」가 큰 인기를 끌면서 우리에게도 '카르페 디엠'은 즐겨 쓰는 말로 자리 잡았다. 이 영화를 통과의례처럼 보는 청소년들이 지금도 끊이지 않는지 여기저기서 '카르페 디엠'을 외치는 소리가 들린다. 블로그나 트윗, 혹은 페이스북 같은 소셜미디어의 문패 글로 가장 흔히 쓰는 말 중

세월은 흘러간다.
내일은 믿지 마라.
오늘을 즐겨라.

에드워드 휴스, 「별 기차를 타고 가는 밤의 여왕」(1912)

하나가 '카르페 디엠'이라고 한다. 반대로 생각해 보면 얼마나 오늘을 즐기면서 살지 못하면 '문패 글'에 카르페 디엠을 달았겠나 싶다. 오늘을 즐기는 일은 말처럼 쉽지 않다.

로마 시대에도 미래는 늘 두려운 대상이었을 것이다. 아마 사람들은 앞 다투어 점성술사를 찾아갔을 것이다. 그 이유는 지금과 다르지 않았을 것이 분명하다. 별고 없이 얼마나 오래 살 수 있는지, 오래 살려면 뭘 조심해야 하는지, 뭐 이런 것들을 물었을 것이다.

에피쿠로스학파 학자이기도 했던 호라티우스는 아직 다가오지도 않은 미래에 대해 전전긍긍하는 사람들을 지켜보며 연작시의 한 부분을 썼을 것이다. 이해가 간다. 오지도 않은 미래를 걱정하느라 현재를 부식시키는 건 인간들의 오랜 작태이니.

호스피스 병동에서 생의 마지막을 준비하고 있는 환자들에게 가장 후회하는 것이 무엇이냐고 물었을 때도 비슷한 답변이 돌아온다고 한다. '미래를 걱정하느라 현재를 낭비했던 것.'

죽음 앞에서도 사람들은 순간순간을 즐기지 못한 걸 후회한다고 한다. 카르페 디엠, 오늘을 즐기자.

향수와 균형의 계관시인

Robert Frost

자작나무

로버트 프로스트

꼿꼿하고 검푸른 나무줄기 사이로 자작나무가

좌우로 휘어져 있는 걸 보면

나는 어떤 아이가 그걸 흔들고 있었다고 생각하고 싶어진다

[……]

시골구석에 살기 때문에 야구도 못 배우고

스스로 만들어 낸 장난을 할 뿐이며

여름이나 겨울이나 혼자 노는 어떤 소년.

아버지가 키우는 나무들 하나씩 타고 오르며

가지가 다 휠 때까지

나무들이 모두 축 늘어질 때까지

되풀이 오르내리며 정복하는 소년.

그리하여 그는 나무에 성급히 기어오르지 않는 법을

그래서 나무를 뿌리째 뽑지 않는 법을 배웠을 것이다.

[……]

세상은 사랑하기에 알맞은 곳.

이 세상보다 더 나은 곳이 어딘지 나는 알지 못한다.

나는 자작나무 타듯 살아가고 싶다.

하늘을 향해, 눈 같이 하얀 줄기를 타고 검은 가지에 올라

나무가 더 견디지 못할 만큼 높이 올라갔다가

가지 끝을 늘어뜨려 다시 땅 위에 내려오듯 살고 싶다.

가는 것도 돌아오는 것도 좋은 일이다.

자작나무 흔드는 이보다 훨씬 못하게 살 수도 있으니까.

앙투안 솅트뢰유, 「하얀 자작나무」(19세기)

나는 자작나무 타듯 살아가고 싶다.

*

프로스트(Robert Frost, 1874-1963)의 시에서는 두 개의 명백한 정서가 느껴진다. 향수(nostalgia)와 균형(balance)이다. 이 둘을 너무나 조화롭게 구현하기 때문에 프로스트의 시는 오히려 비인간적이기까지 하다. 반인간적이라는 의미가 아니라 인간계를 초월한 자가 쓴 시 같다는 말이다. 물론 착하고 예쁘게 초월했다.

프로스트의 향수는 미국인들이 통과의례처럼 생각하는 아메리카의 전원 풍경이다. 프로스트의 시에는 거창한 단어나 이야기는 등장하지 않는다. 사과 따기, 돌담, 시골길 같은 단어들로 향수의 모범 답안을 만들어 낸다. 「자작나무」에서도 마찬가지다. 그는 '자작나무 올라타기'라는 하나의 심심한 놀이를 통해 흘러간 시대와 떠나온 고향을 말해 준다. 물론 인생까지.

나무에 오르되 나무가 꺾이지 않을 정도로만 놀면서, 그는 인생을 말한다. 이 시에서 꺾이기 직전의 '균형'은 시인의 중심 사상이다. 이 적막한 놀이를 가지고 '균형'이라는 삶의 철학을 들려주는 프로스트는 목가적인 초월자임이 틀림없다.

프로스트의 시 세계를 대표하는 작품들을 보면 그가 얼마나 균형론자인지 알 수 있다. 「가지 않은 길」에서는 단풍 든 숲 속에 난 두 갈래 길 앞에서 시를 읊는다. 그는 끝까지 어느 한쪽 길의 편을 들지 않는다. 이런 태도가 바로 프로스트의 매력이다.

「눈 내리는 저녁 숲가에 멈춰 서서」에서는 숲과 마을의 경계에서 눈을 맞으며 서 있다. 숲 속이나 숲 밖이 아닌 '숲과 호수의 경계'에서 말이다. 여기서도 그는 결론을 내리지 않는다. 가야 할 인생길이 남아 있다는 말만 흘릴 뿐.

프로스트는 미국을 대표하는 계관시인으로 누릴 수 있는 많은 것을 누렸다. 그러면서도 그는 초월적 균형의 자세를 잊지 않았다. 프로스트는 이미 알고 있었던 것이다. 인생의 비의를. 그리고 이런 말을 남겼다.

"내가 인생에서 배운 것들은 세 가지 단어로 말할 수 있다. '인생'은 '흘러' '간다.'"

신화로 남은

세기의 가객 ─

金素月

개여울

김소월

당신은 무슨 일로
그리합니까?
홀로이 개여울에 주저앉아서

파릇한 풀포기가
돋아나오고
잔물은 봄바람에 헤적일 때에

가도 아주 가지는
않노라시던
그러한 약속이 있었겠지요

날마다 개여울에

나와 앉아서

하염없이 무엇을 생각합니다

가도 아주 가지는

않노라심은

굳이 잊지 말라는 부탁인지요

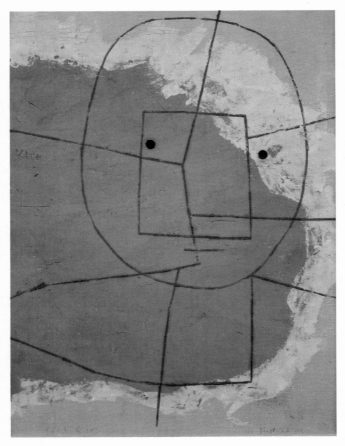

파울 클레, 「이해하는 자」(1934)

원망마저도 아름다운

김소월의 노래를 따라 부르며

우리는 한 세기를 넘어섰다

*

한 사내의 삶을 생각한다. 어수선한 왕조의 끝자락에 태어나 주권을 잃어버린 나라에서 교육받은 사내. 가난한 북방의 시골에서 태어나 예이츠의 시를 읽으며 시를 지은 사내. 삶에 짓눌려 시를 내려놓고 살다 허무하게 죽어 간 사내. 흑백사진 한 장과 시 한 편으로 한 나라의 서정이 된 사내. 김소월(1902-1934)이다.

이런 생각도 해 본다. 김소월에게 '한글'은 어떤 문자였을까? 아마도 그는 어린 시절 일찍부터 한자를 배웠을 것이다. 학교에 진학해서는 일본 글자가 가장 흔히 접하는 문자였을 것이다. 당연히 그가 읽어 낸 많은 책들도 한자로 된 것이거나 일본어로 된 것들 아니었을까.

김소월에게 한글은 압도적인 '제1의 문자'가 아니었을지도 모른다. 그런 그가 우리의 핏속을 흘러 다니는 듯한 한글로 된 시편들을 남겼다. 그것은 아마도 밑그림 없이 기계에 의지하지 않고 온 동산을 뒤덮을 만한 카펫을 짜는 듯한 수행이었을 것이다.

소월의 시를 다시 읽어 본다. 눈물이 난다. 100년쯤 전 한 사내는 "홀로 개여울에 주저앉아서/ 하염없이 무엇을 생각"했을까? 그 광경을, 그 순간을 머릿속에 그리는 것이 왜 이렇게 가슴이 아플까. 왜 이렇게도 죄스러울까.

소월은 조선의 가객이었다. 그는 민중이 가장 쉽게 알 수 있는 말과 문자와 리듬으로 낭만과 그리움을 노래했다. 한 치 앞을 예측하기 힘들었던 국가, 이제 막 기계문명이 막을 올리려고 하던 난해한 세상 어느 귀퉁이에 서서 그는 노래를 불렀다.

"가도 아주 가지는/ 않노라심은/ 굳이 잊지 말라는 부탁인지요."

이 문장을 읽으며 우리는 그를 죽어도 떠나거나 잊을 수 없다. 소월은 우리에게 죽어도 잊지 못하는 형벌을 남기고 떠났다. 그의 노래를 모르는 이는 한국인이 아니다. 그의 노래가 어려운 이는 더더욱 한국인이 아니다. 원망마저도 아름다운 김소월의 노래를 따라 부르며 우리는 한 세기를 넘어섰다.

시어(詩語)를 버린

모던 전사 ——

金洙暎

헬리콥터

김수영

사람이란 사람이 모두 고민하고 있는

어두운 대지를 차고 이륙하는 것이

이다지도 힘이 들지 않는다는 것을 처음 깨달은 것은

우매한 나라의 어린 시인들이었다

헬리콥터가 풍선(風船)보다도 가벼웁게 상승하는 것을 보고

놀랄 수 있는 사람은 설움을 아는 사람이지만

또한 이것을 보고 놀라지 않는 것도 설움을 아는 사람일 것이다

그들은 너무나 오랫동안 자기의 말을 잊고

남의 말을 하여 왔으며

그것도 간신히 더듬는 목소리로밖에는 못해 왔기 때문이다

설움이 설움을 먹었던 시절이 있었다

이러한 젊은 시절보다도 더 젊은 것이

헬리콥터의 영원한 생리(生理)이다

1950년 7월 이후에 헬리콥터는

이 나라의 비좁은 산맥 위에 자태를 보이었고

이것이 처음 탄생한 것은 물론 그 이전이지만

그래도 제트기나 카고보다는 늦게 나왔다

그렇지만 린드버그가 헬리콥터를 타고서

대서양을 횡단하지 않았기 때문에

우리는 지금 동양의 풍자(諷刺)를 그의 기체(機體) 안에 느끼

고야 만다

비애의 수직선을 그리면서 날아가는 그의 설운 모양을

우리는 좁은 뜰 안에서뿐만 아니라

심지어는 항아리 속에서부터라도 내어다볼 수 있고

이러한 우리의 순수한 치정(痴情)을

헬리콥터에서도 내려다볼 수 있을 것을 짐작하기 때문에

「헬리콥터여 너는 설운 동물이다」

── 자유

── 비애

더 넓은 전망이 필요 없는 이 무제한의 시간 위에서

산도 없고 바다도 없고 진흙도 없고 진창도 없고 미련도 없이

앙상한 육체의 투명한 골격과 세포와 신경과 안구까지

모조리 노출 낙하시켜 가면서

안개처럼 가벼웁게 날아가는 과감한 너의 의사 속에는

남을 보기 전에 너 자신을 먼저 보이는

긍지와 선의가 있다

너의 조상들이 우리의 조상과 함께

손을 잡고 초동물(超動物) 세계 속에서 함께 영위하던

자유의 정신과 아름다운 원형을

너는 또한 우리가 발견하고 규정하기 전에 가지고 있었으며

오늘에 네가 전하는 자유의 마지막 파편에

스스로 겸손의 침묵을 지켜가며 울고 있는 것이다

*

　도봉동 버스정류장에서 내려 육교를 건너면 영국 빵집이 있었다. 그 영국 빵집 사잇길을 걸어 30분쯤 걸어가면 나지막한 산자락에 시인 김수영(1921-1968)의 무덤이 있었다. 우리는 어디서 구했는지 모를 검은 양복들을 근엄하게 차려입고 성지순례 하듯 그의 무덤을 찾아갔다. 그의 제일(祭日)이 있는 6월 무렵이었다.

　무덤에 도착하면 우리는 가져온 약간의 과일과 떡을 올리고 소주를 따른 다음 늘 「헬리콥터」를 읽었다. 다른 무리에서는 시인의 시 중 어떤 시를 읽었는지 알 수 없지만, 우리의 제의에는 늘 「헬리콥터」가 있었다. 떨리는 목소리로 우리는 「헬리콥터」 한 대를 도봉산 자락으로 날려 보냈다. 스무 살 무렵 시작된 의식이었다.

　산을 내려오면 영국 빵집 앞에서 버스를 타고 나와 수유시장이나 길음시장쯤에서 내려 허름한 선술집으로 들어갔다. 시장통에서 소주를 마시며 우리 앞에 펼쳐질 불안한 미래에 대해 답 없는 이야기를 토로했다. 짐승이 세상을 지배하고 있다고 믿

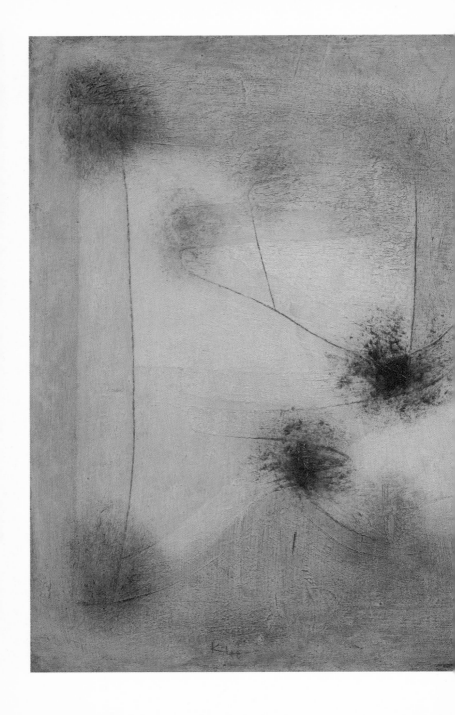

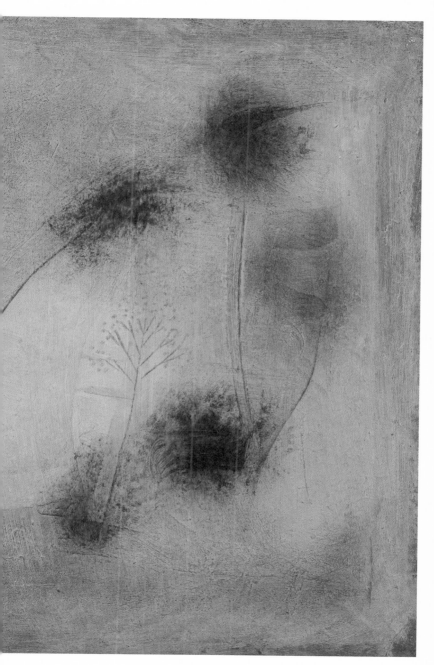

파울 클레, 「생명력 강한 초목들」(1943)

었던 시절이었다. 짐승이 지배한다고 생각했던 땅에서 우리는 시만을 생각했고, 그것이 우리가 갈 길이라고 감히 믿었다.

우리는 결국 패배할 것이라는 사실을 너무나 잘 알고 있었다. 하지만 그 패배라는 게 두렵지 않았다. 우리에겐 시가 있으니까. 그 제의의 한 중심에 '김수영'이 있었다.

"남을 보기 전에 너 자신을 먼저 보이는/ 긍지와 선의가" 있는 헬리콥터처럼 요란하면서도 이질적이고, 그러면서도 설운 동물인 '김수영'이 있었다.

김수영은 우리에게 시어(詩語)가 별도로 존재하지 않는다는 천기누설을 해 줬다. 시어라는 게 따로 있는 게 아니라 세상에 흘러 다니는 모든 말이 시어임을 알려 준 것이다. 욕도, 외래어도, 생경한 한자투도, 시는 모두 품어 안을 수 있다는 걸 알게 된 그 순간은 환희로웠다.

시인은 아름다운 말을 해야 하고, 정서를 함양시켜야 한다고 가르친 학교를 떠나 많은 청춘들이 그렇게 '김수영 학교'로 전학을 갔다.

사라지지 않을
이미지스트 선언문 ——

Ezra Pound

지하철 정거장에서

에즈라 파운드

군중 속에서 유령처럼 나타나는 얼굴들,

까맣게 젖은 나뭇가지 위의 꽃잎들.

서용선, 「8th ave」(2013)

*

처음 에즈라 파운드(Ezra Pound, 1885-1972)를 알게 된 건 T. S. 엘리엇 때문이었다. 엘리엇의 너무도 유명한 시집 『황무지』를 보면 1장이 시작하기 전에 이런 구절이 나온다.

"보다 위대한 예술가 에즈라 파운드에게"

도대체 에즈라 파운드가 누굴까? 에즈라 파운드의 시집을 수수께끼 풀 듯 읽어 내려가다 해설이 있는 뒤쪽에서 나는 왜 그가 '시인의 시인'으로 불렸는지 알게 됐다. 파운드가 '시의 언어'라는 제목으로 내린 교시가 담겨 있었던 것이다. 몇 개만 옮겨 보자.

훌륭한 산문을 어쭙잖은 운문으로 바꾸지 말 것
될 수 있는 한 많은 위대한 예술가들에게 영향을 받을 것.
그리고 그들에게 진 빚을 시인하거나 예의를 갖출 것
아무런 장식을 쓰지 말거나 아니면 아주 훌륭한 장식을 쓸 것

더 이상 무슨 말이 필요한가. 그날 이후 수없이 오르내렸던 지하철 정거장에서 에즈라 파운드라는 고집 센 스승을 잊은 적이 없었다. 늦은 밤 비 오는 날. 낯선 꽃잎처럼 지나가는 사람들을 보며 시인이 통찰한 '이미지'의 본질에 매혹됐고, 그 이미지가 내게 이식되기를 바랐다.

파운드는 어떤 문명이나 제도에도 동화되지 못한 단독자였다. 그는 지하철 정거장에서조차 동화되지 못했다. 「지하철 정거장에서」를 읽는 사람마다 감흥이 다르게 읽겠지만 나는 그렇게 느꼈다. 철저하게 동화하지 않은 자의 명철함, 그런 것들이 이 시에서 읽혔다. 어떤 감정도 어떤 기다림도 어떤 목적지도 그에겐 느끼한 것이었을지 모른다.

나는 이 시를 읽으면 "산은 산이고 물은 물"이라 했던 성철 스님의 법어가 떠오른다. 내가 어떻든 산은 산이고 물은 물이듯 지하철 정거장은 지하철 정거장일 테니까.

사실 파운드의 「지하철 정거장에서」는 향후 영원히 유효할 만한 이미지스트 선언문이다. 그는 이 선언문을 남기기 위해 처음 30행이 넘던 시를 단 2행으로 만들어 세상에 내걸었다.

파운드가 12년이나 반역 혐의로 갇혀 있던 미국의 정신병원에서 걸어 나오는 모습을 상상한다. 육신은 말라비틀어지고 무너졌으나 세상에 들이대던 면도날 같은 눈빛만은 빛을 잃지 않았으리라. 아주 천천히, 그가 끝내 동화하지 못했던 거리를 걸으며 시인은 「칸토스」의 한 구절이 될 어떤 문장을 중얼거리지 않았을까.

　　"가장 검은 밤이 그곳의 비참한 이들에게 뻗어 있었다. 태양은
거꾸로 흐르며, 우리는 그때 그 장소로 다가갔다."

칠레에서 온

주술사 ──

Pablo Neruda

시(詩)

파블로 네루다

그러니까 그 나이였어…… 시가
나를 찾아왔어. 몰라, 그게 어디서 왔는지,
모르겠어, 겨울에서인지 강에서인지.
언제 어떻게 왔는지 모르겠어,
아냐, 그건 목소리가 아니었고, 말도
아니었으며, 침묵도 아니었어,
하여간 어떤 길거리에서 나를 부르더군,
밤의 가지에서,
갑자기 다른 것들로부터,
격렬한 불 속에서 불렀어, 또는 혼자 돌아오는데
그렇게 얼굴 없이 있는 나를
건드리더군.

*

복학생이던 시절 「일 포스티노」(1994)라는 영화가 개봉했다. 평소 시를 좋아하는 청춘들은 이 영화에 열광했다. 필립 느와레라는 옆집 아저씨처럼 생긴 배우가 주연이었는데, 그가 바로 파블로 네루다(Pablo Neruda, 1904-1973)였다.

줄거리는 이렇다. 이탈리아의 작은 섬에 세계적인 시인 네루다가 망명해 온다. 이 때문에 섬에 오는 우편물이 크게 늘어나자 우체국장은 어부의 아들인 마리오를 우편배달부로 채용한다. 대시인과 섬마을 청년의 만남은 이렇게 시작됐다. 시인은 사랑에 빠진 마리오에게 시를 가르쳐 준다. 내면의 목소리에 눈뜨게 해 주는 것이다.

사실 영화 「일 포스티노」가 개봉하기 이전부터 네루다는 한국에서도 인기가 높았다. 혁명과 사랑을 한 바구니에 담아낸 시인이었으니, 젊은 문학도들이 열광했던 건 당연하다.

네루다 시집에는 「오늘 밤 나는 쓸 수 있다」라는 매력적인 시가 등장한다. "오늘 밤 나는 쓸 수 있다. 제일 슬픈 구절을…… 별은 총총하고 별들은 푸르고 멀리서 떨고 있다……

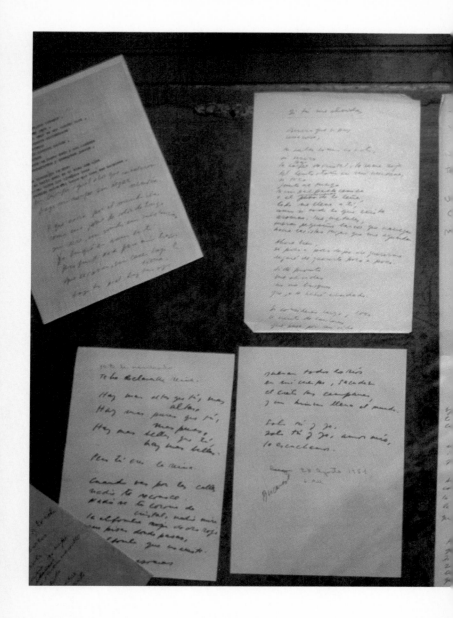

그러니까 그 나이였어…… 시가 나를 찾아왔어.

몰라, 그게 어디서 왔는지,

모르겠어, 겨울에서인지 강에서인지.

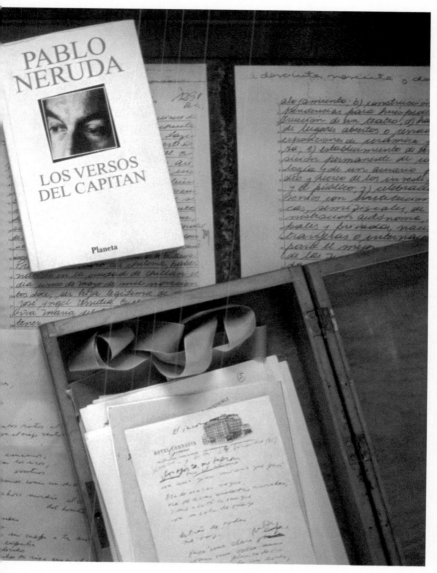

『대장의 노래』(1952)와 네루다의 원고들

밤바람은 공중에서 선회하며 노래한다…… 나는 그녀를 사랑했고 그녀도 때로는 나를 사랑했다…… 이제 그녀가 없다는 생각을 하며, 그녀를 잃었다는 생각에 잠겨."

얼마나 낭만적이며 얼마나 절창인가. 네루다는 사랑의 찬양자였다. 그의 격렬한 연애시는 라틴아메리카 전역을 뒤흔들어놓았고, 명성은 대륙을 넘어 전 세계로 퍼져 나갔다. 네루다가 있어 남미 현대문학이 세상에 알려질 수 있었다.

네루다는 다차원적인 삶을 살았다. 서정시인이었으며 반체제 운동가였고, 대사를 지낸 관료이자 대통령 선거에 나섰던 정치가이기도 했다. 하지만 네루다가 어디에 있든 그의 시는 '사랑'을 향해 있었다. 네루다의 대표시 「시(詩)」는 주술 같은 서정시를 썼던 시인의 면모를 잘 보여 준다. 시에 등장하는 "시는 쓰는 게 아니라 찾아오는 것"이라는 그의 선언은 많은 문학도들을 떨리게 했고, 네루다주의자들로 만들었다.

사실 네루다의 주장은 맞다. 시는 논리가 아니기 때문이다. 시는 학술이 아닌 상상력의 영역에 존재한다. 네루다는 시가 어떻게 대중의 마음을 흔들고, 어떻게 자신의 운명을 바꾸어 세상에 간섭하는 무기가 되는지를 온몸으로 증거했다.

네루다의 시는 뜨겁다. 네루다의 시는 한 편의 시라기보다 하나의 '몸짓'에 가깝다. 네루다의 시는 꿈틀거린다. 「일 포스티노」에서 마리오의 대사가 떠오른다. "전 사랑에 빠졌어요. 치료약은 없어요. 치료되고 싶지 않아요. 계속 아프고 싶어요."

수줍은 거인이
쓴 현대시의 경전——

Thomas Stearns Eliot

천둥이 한 말

T. S. 엘리엇

나는 기슭에 앉아

낚시질했다. 메마른 들판을 뒤로한 채.

적어도 내 땅만이라도 바로잡아도 될까?

런던교가 무너진다 무너진다.

'그리고 그는 정화되는 불길 속에 몸을 감추었다.'

'언제 나는 제비처럼 될 것인가?' — 오 제비여 제비여

'황폐한 탑 속에 갇힌 아퀴텐 왕자'

이 단편들로 나는 내 폐허를 버텨 왔다.

그렇다면 분부대로 합죠 히에로니모는 다시 미쳤다.

다타. 다야드밤. 담야타.

샨티 샨티 샨티.

*

커다란 시가 있다. 물론 큰 시라고 해서 다 좋을 순 없고, 작은 시라고 해서 다 나쁠 순 없다. 하지만 큰 시가 시적 성취까지 뛰어날 경우 그 거대한 시는 하나의 '경전'이 된다. T. S. 엘리엇(Thomas Stearns Eliot, 1888-1965)의 「황무지」는 하나의 경전이다.

「황무지」는 하나의 비밀문서이자 밀교 경전이다. 이 시는 엄청난 토대 위에서 건설된 성채와 같다. 삶과 죽음, 신화와 전설, 역사와 현실, 종교와 광범위한 유럽 문학이 바탕에 깔려 있다. 등장하는 언어만도 여섯 가지다.

엘리엇에게 시란 정서를 털어놓는 것이 아니라 "정신과 감정 상태에 대한 언어의 등가물을 발견하는 일"이다. 시는 정서를 토로하는 데에만 열중하는 순간 감상적이 된다. 시인의 재능이 뛰어나거나 상당한 지식을 가지고 있다면 예외겠지만 감상이 성한 시는 '일반 상식'이 되기 마련이다. 낙엽을 보면 쓸쓸하고 고향은 정겹고 권력은 나쁘다…… 수준의 감상을 써 놓고 시라고 우기는 사람이 지금도 많다. 그들은 상식을 넘어선 시를 '난해하다'는 구실로 싸잡아 비난한다. 엘리엇의 「황무지」는 그런 사람들에게 처방전으로 보여 주고 싶은 시다.

엘리엇은 독자들이 지적 활동을 통해 시를 만나게끔 유도한다. 지적 활동 없이 「황무지」를 이해하고 나아가 이 작품에 대해 자신의 견해를 갖는 것을 불가능하다. 엘리엇의 시는 또 무척 암시적이다. 그가 라틴어로 시의 첫 부제 문장을 단 것도, 쿠마에의 무녀를 등장시킨 것도, 에즈라 파운드를 등장시킨 것도 향후 전개될 시에 대한 고도의 암시다.

수수께끼를 풀어내듯, 수없이 중첩된 베일을 벗기듯 「황무지」에 다가가는 일은 오랜 시간이 걸리는 지적 성찬이다. 그리고 우리는 '이미지의 경전'을 만난다. 절대 사라지지 않고 영원할 '거대 서사'와 같은 이미지가 「황무지」 속에는 있다.

막 싹트기 시작한 현대 문명과 그 문명이 일으킨 전쟁을 보면서 수줍고 괴팍한 거장은 경전을 써 냈다.

위대한 것은 위대해서 아름답다. 경전을 읽는 모든 이들에게 "샨티 샨티 샨티."

치명적 사랑을 노래한
열 번째 뮤즈 —

Sappho

어떤 이들은 기병대가

사포

어떤 이들은 기병대가, 어떤 이들은 보병대가
어떤 이들은 함대가 검은 대지 위에서
가장 아름답다 하지만, 나는 사랑하는 이라
말하겠어요.

이를 모든 이들에게 입증해 보이는 것이야
참으로 쉬운 일. 그런즉 아름다움으로
인간을 압도하는 헬레네는 누구보다
뛰어난 남편을 버리고, 트로이아로 배를 타고 떠났지요.
그녀는 자식 그리고 사랑하는 부모들을
까맣게 잊었지요. 그녀를 납치하여 (퀴프리스가
데려가 버렸지요.)

(여신의 손에 세상 모든 사람들의 마음은
움직이고, 사람들의 생각은 기울기 마련)
그리하여 그녀는 나로 하여금 멀리 떨어진

소녀를 떠오르게 하지요.

나는 그녀의 사랑스러운 걸음걸이와
얼굴에서 빛나는 불꽃을 보고 싶어요.
뤼디아의 전차와 중무장을 갖춘 보병을
보기보다는.

에드워드 번 존스, 「헬레네의 눈물」(1898)

*

　기원전 6세기 그리스의 작은 섬 레스보스에 살던 여성 시인 사포(Sappho)는 이런 시를 쓴다. 그녀가 찬양하는 헬레네는 누구인가? 그리스의 도시국가였던 스파르타의 왕비 아니던가.

　헬레네가 남편을 버리고 트로이의 왕자 파리스에게로 가면서 그 유명한 트로이전쟁이 벌어졌다. 신들의 계략에 넘어간 측면도 있지만, 어쨌든 헬레네는 불륜을 일으키고 한 나라를 멸망하게 한 '악녀'로 기록된다. 하지만 사포는 헬레네를 사랑의 화신으로 그려 낸다. 사포에게는 사랑만이 절대 가치였다. 사포에게 사랑이란 그 어떤 기병대나 보병대, 함대보다도 강하고 아름다운 가치였다.

　사포는 치명적인 사랑을 노래하며 기원전 6세기 그리스인들을 '서정'의 세상으로 끌고 나왔다. 당시 시문학의 대세는 신의 업적이나 영웅의 전기를 노래하는 서사시였다. 그 서사문학 속에 슬그머니 서정을 집어넣은 사람이 바로 사포다. 플라톤은 예술을 관장하는 아홉 명의 뮤즈 다음으로 사포를 "열 번째 뮤즈"로 불러야 한다고 했다.

너무 오래전 사람이기에 사포를 둘러싼 논란은 여전히 많다. 그중 하나가 레즈비언 논란이다. 레즈비언(lesbian)은 '레스보스 섬 사람들'이라는 뜻인데, 사포의 고향이 바로 레스보스다. 사포는 남편을 잃은 후 고향에서 여성들을 대상으로 시와 학문을 가르쳤다. 그 집단을 뜻하는 말이 여성 동성애자를 지칭하는 말로 확장된 것이다.

지금 우리는 사포가 동성애자였는지 아닌지 알 수 없다. 사실 그 문제는 그리 중요하지도 않다. 사포는 최초이자 최고의 여성 시인이었고, 사랑이라는 가치를 통해 아주 먼 훗날 토마스 만이 말한 것처럼 "비정치적인 것의 정치성"을 보여 준 혁명가였다. 여성들만이 모여 가르침을 주고받고, 선후배 관계를 맺고, 서사시가 아닌 사랑을 노래한 것이 어쩌면 '위험한 정치성'이었을지도 모른다.

세월이 흐르면서 사포의 시는 수없이 매장되고 불태워졌지만 여전히 650행이 남아 사랑을 증거하고 있다. "오늘은 사랑하지 않지만, 곧 사랑에 빠지게 될 것"이라면서…….

에필로그

　홉사 양피지에 쓰인 밀교의 경전 같았다. 서가 한쪽에 나란히 꽂힌 채 과거와 현재가, 슬픔과 기쁨이 대화를 나누고 있었다.

　민음사 '세계시인선'은 경전처럼 다가왔다. 고혹적이었다. 표지에 인쇄되어 있는 촛불 모양의 도안과 고풍스러운 로마문자, 그리고 속표지에 인쇄되어 있는 밀레의 흐릿한 스케치. 스케치의 제목은 「땔감을 나르는 사람들」이었다. 상징적이었다. 땔나무를 짊어지고 어디론가 가는 일, 그것이 흡사 '시인의 업(業)'인 것 같았다.

　'세계시인선'이라는 경전은 이십 대 초반의 나를 시험에 들게 만들었다. 공교롭게도 당시 내가 다니던 예술대학의 비빔밥 가격과 총서 한 권 값이 같았다. 우연의 일치겠지만, 민음사가 세계시인선 가격을 올리면 학교 식당의 비빔밥 값도 덩달아 올랐다.

　용돈이 넉넉하지 못했던 나는 아침마다 비빔밥을 먹을 것인지, 아니면 정문 앞 서점에서 세계시인선을 사 모을 것인지를 놓고 고민에 빠졌다.

그래도 릴케나 말라르메나 에즈라 파운드가 비빔밥을 이기는 경우가 많았다. 한 권당 가격이 1500원이 됐을 무렵, 드디어 시리즈 전권을 구비할 수 있었다.

지금도 세계시인선은 내 책장 한쪽에 자리를 차지하고 있다. 누렇게 바랜 속지에는 내가 그었던 밑줄이 선명하게 남아 있다. 나는 세계시인선에 밑줄을 그으며 사랑을 했고, 분노를 했다. 또 세계시인선을 읽으며 어른이 됐고, 시인이 됐다. 내게 손바닥만 한 판형의 세계시인선은 작지만 큰 고대의 입석(立石)들이었다.

민음사가 '세계시인선' 개정판을 내기로 했다는 소식을 전하면서 관련 작업으로 이 책을 만들어 보자고 제안했을 때, 나는 묘한 감회에 빠질 수밖에 없었다.

『시의 미소』는 '세계시인선'의 새 출발을 축하하는 별도 단행본으로서의 성격으로 쓰였다. 세계시인선에 포함되어 있는 시인 가운데 스무 명을 추려 대표적인 시편을 소개하고 내 산문을 함께 실었다.

분석이나 해설은 하지 않았다. 그저 나와 시간과 공간을 초월해 은밀하게 만났던 시인들에 대한 추억을 썼다. 책의 주인공들이기도 한 '내 청춘의 주술사'들에게 다시 한 번 감사한다.

2016년 봄
허연

시의 미소

1판 1쇄 찍음 2016년 5월 10일
1판 1쇄 펴냄 2016년 5월 19일

지은이 | 허연
펴낸이 | 박근섭·박상준
편집인 | 양희정
펴낸곳 | **(주)민음사**

출판등록 | 1966. 5. 19. 제16-490호
주소 | (06027) 서울시 강남구 신사동 도산대로 1길 62 강남출판문화센터 5층
대표전화 | 515-2000 | 팩시밀리 515-2007
홈페이지 | www.minumsa.com

ⓒ 허연, 2016. Printed in Seoul, Korea.

ISBN 978-89-374-3281-1 03800